AW

Vom Gehen im Kreis ist ein frühes Stück, das bereits die wesentlichen Themen der späteren Arbeiten enthält: Statische Handlung. Monotonie. Liebe. Verwirrung. Vergänglichkeit und Tod. Die Darsteller sitzen oder liegen auf der Bühne, die eine schiffbrüchige Barke darstellt. Zerschlissene Segel, zerbrochene Bohlen, übergroßes, altertümlich erscheinendes Steuerrad. Darsteller barfuß, braungebrannt, in zerrissenen Kleidern. Sonnenlicht. Flaute. Ruhe vor dem Sturm.

Als ich das Meer war könnte man als die Fortsetzung des Stücks *Vom Gehen im Kreis* betrachten. Ein Überlebender allein auf einer Insel. Erwartet einen Anruf. Geht hin und her. Führt Selbstgespräche. Bleibt stehen. Stützt seine Arme in die Hüften. Schaut hinaus aufs Meer. Setzt sich in ein ausrangiertes Fischerboot. Läuft ins Wasser. Dreht sich noch einmal um. Fängt zu schwimmen an. Verschwindet in immer kürzer werdenden Bewegungen hinter dem Horizont.

Adelhard Winzer, geboren in Karlshuld, Donaumoos, lebt heute im Chiemgau. Erlernte das Bäckerhandwerk. Spielte mit sechzehn in der ersten Band. War Discjockey und als Berufsmusiker in Deutschland, Österreich und der Schweiz unterwegs. Veröffentlichte ein Kinderbuch. Arbeitete in einer Großbank. Wurde zur Lesung in den Grünen Salon der Volksbühne Berlin eingeladen. Belegte den dritten Platz beim Fränkischen Kurzgeschichtenpreis. Widmete sich, nach dem Eintritt ins Pensionsalter, endgültig dem Schreiben und Zeichnen.

Adelhard Winzer

Vom Gehen im Kreis

Als ich das Meer war

Zwei Stücke

Bibliografische Information der
Deutschen Nationalbibliothek: Die Deutsche
Nationalbibliothek verzeichnet diese Publikation
in der Deutschen Nationalbibliografie. Detaillierte
bibliografische Daten sind im Internet über
http://dnb.dnb.de abrufbar.

Herstellung und Verlag:
BoD – Books on Demand, Norderstedt
Umschlaggestaltung:
Adelhard Winzer

ISBN 9783-755760085

Inhalt

Vom Gehen im Kreis

Einakter

Personen

TRINKER
FRAU
ALTER
SCHRIFTSTELLER
MUTTER
GITARRIST
SCHAUSPIELER
KAPUZENMANN

Ein frühes Stück, das bereits die wesentlichen Themen der späteren Arbeiten enthält: Statische Handlung. Monotonie. Liebe. Verwirrung. Vergänglichkeit und Tod.

Der Vorhang öffnet sich. Die Darsteller sitzen oder liegen auf der Bühne, die eine schiffbrüchige Barke darstellt. Zerschlissene Segel, zerbrochene Bohlen, übergroßes, altertümlich erscheinendes Steuerrad. Darsteller barfuß, braungebrannt, in zerrissenen Kleidern. Sonnenlicht. Flaute. Ruhe vor dem Sturm.

TRINKER trinkt.

FRAU beobachtet den TRINKER.

ALTER öffnet seinen Rucksack.

SCHRIFTSTELLER schreibt.

MUTTER mit dunkler Brille geht im Kreis.

GITARRIST schlägt einen Akkord.

SCHAUSPIELER schminkt seinen Mund.

ALTER: *an die Mutter* Setzen Sie sich.

MUTTER setzt sich.

GITARRIST schlägt einen Akkord.

ALTER: *an den Trinker* Ist das Ihre Mutter?

TRINKER: *mit geschlossenen Augen* Ja.

FRAU: Trink!

TRINKER trinkt.

GITARRIST schlägt einen Akkord.

MUTTER steht auf, geht weiter im Kreis.

TRINKER: Der Bewohner unter mir wusste, was los war. Obwohl ich auf Zehenspitzen ging.

GITARRIST schlägt einen Akkord.

TRINKER: Es war so still im Zimmer, dass ich alle Geräusche hörte.

MUTTER bleibt stehen.

GITARRIST schlägt einen Akkord.

MUTTER: Ist das eine spanische Gitarre?

GITARRIST schlägt einen Akkord.

MUTTER: Kennen Sie die SPANISCHEN TÄNZE?

GITARRIST schlägt einen Akkord.

MUTTER: Die SPANISCHEN TÄNZE – von Granados!

GITARRIST schlägt einen Akkord.

MUTTER geht weiter im Kreis.

SCHRIFTSTELLER: Gestern habe ich geträumt.

FRAU: Was haben Sie geträumt?

SCHRIFTSTELLER: Ich wollte in die Kirche gehen, doch niemand öffnete mir. Da trat ein Messner auf mich zu und sagte: Um diese Zeit ist geschlossen. Und ich dachte, Gott ist immer da.

MUTTER bleibt stehen.

GITARRIST schlägt einen Akkord.

TRINKER: Soll ich der Kirche die Schuld geben?

FRAU: Trink!

TRINKER trinkt.

GITARRIST schlägt einen Akkord.

TRINKER: Ich habe die Schule geschwänzt. Angst vor Lehrern. Freundschaften, die keine waren. Trotzreaktionen und Schläge.

FRAU: *spöttisch* Was hast du schon Großes erlebt!

GITARRIST schlägt einen Akkord.

SCHRIFTSTELLER: Gehen wir in den Wald?

FRAU: Vielleicht.

SCHRIFTSTELLER schreibt.

MUTTER geht weiter im Kreis.

FRAU: Was haben Sie gerade geschrieben?

SCHRIFTSTELLER: Sie hat schöne Zähne.

GITARRIST schlägt einen Akkord.

ALTER schließt seinen Rucksack.

SCHAUSPIELER: *beginnt zu rezitieren* Das Geplärr der Frau am frühen Morgen. Als gäbe es nur sie auf der Welt. Jeder erschrak beim Vorübergehen. Aber keiner zeigte ihr den Vogel. Keiner riss ihr das Handy aus der Hand!

ALTER: *in die Runde blickend* Kennen Sie meine Frau?

GITARRIST schlägt einen Akkord.

ALTER: Sie lässt alles liegen. Gießkanne im Garten, Schere auf dem Fensterbrett, Gartenschlauch, Rechen. Überall liegen die

Sachen. Räume ich sie auf, ist sie beleidigt, macht mir Vorwürfe, wenn sie ihre Sachen nicht mehr findet.

GITARRIST schlägt einen Akkord.

ALTER: Ein Kind ist sie, ein großes Kind.

SCHAUSPIELER: *mit geschlossenen Augen*
Die Bäume am Horizont ergeben noch keinen Wald. Die Katzen keine Familie. Die Fische im Meer gehen zu Grunde. Ein Vogel stürzt über den Wolken. Der Morgenstern erlischt. Vielleicht dauert es noch, bis sich alles verändert.

MUTTER bleibt stehen.

FRAU: Trink!

TRINKER trinkt.

ALTER: Wann war die Schlacht bei Waterloo?

GITARRIST schlägt einen Akkord.

ALTER: Dachte ich es mir!

FRAU: Was?

ALTER: Dass es niemand weiß.

GITARRIST schlägt einen Akkord.

ALTER öffnet seinen Rucksack.

SCHRIFTSTELLER: Gehen wir in den Wald?

FRAU: Wenn Sie meinen.

SCHAUSPIELER: *konzentriert* Ein Sprung ins Wasser. Kein unüberlegter Moment. Ein Ausflug ins Innere der Hirne. Schau dir ins Gesicht. Du musst reagieren. Alles gelten lassen, was von dir kommt.

ALTER schließt seinen Rucksack.

MUTTER geht weiter im Kreis.

FRAU: Trink!

TRINKER trinkt.

SCHAUSPIELER: *laut* Vielleicht muss man sich erst daran gewöhnen. Weil es nichts anderes gibt als die Gegenwart. Du nicht mehr gebraucht wirst. Keine Aufgabe. Einfach da sein. Nichts haben wollen, was dich bedrückt. Nichts produzieren für die Ewigkeit.

GITARRIST schlägt einen Akkord.

FRAU: Trink!

TRINKER trinkt.

MUTTER: *bleibt stehen* Lass dich nicht ein mit denen, hab ich gesagt, doch er glaubte mir nicht. Nächtelang saß er bei ihnen, bis sie ihm zeigten, wer das Sagen hat.

FRAU: Trink!

TRINKER trinkt.

ALTER öffnet seinen Rucksack.

MUTTER geht weiter.

TRINKER: Ich stand allein am Fluss. Da blickte mir aus der Tiefe eine Frau entgegen.

GITARRIST schlägt einen Akkord.

TRINKER: Ein Stein hätte genügt, um ihr Gesicht in Falten zu legen.

FRAU: Trink!

TRINKER trinkt.

ALTER schließt seinen Rucksack.

SCHRIFTSTELLER schreibt.

FRAU: Was haben Sie gerade geschrieben?

SCHRIFTSTELLER: Das Mädchen hatte schöne

Brüste.

FRAU: Welches Mädchen?

SCHRIFTSTELLER: Das Mädchen im weißen Bikini, das bei Rot über die Straße ging.

GITARRIST schlägt einen Akkord.

MUTTER bleibt stehen.

SCHAUSPIELER: *rezitiert* Eine Gestalt genügt. Die laut redet am Nebentisch mit einer Frau. Die dich nicht zu Wort kommen lässt. Dir die Suppe versalzen will, nicht aufhört damit. Ich kenne die Sprechmaschinen, die alles in Grund und Boden stampfen mit einem einzigen Wort.

MUTTER geht weiter.

ALTER: Mein größter Wunsch: Einmal allein durch Italien fahren. Anhalten, wo es mir gefällt. Übernachten in kleinen Pensionen.

GITARRIST schlägt einen Akkord.

ALTER: Einmal wollte ich abhauen. Ich stand schon mit dem Koffer bereit. Da kam meine Frau vom Supermarkt und rief: Hilf mir beim Ausladen!

GITARRIST schlägt einen Akkord.

SCHAUSPIELER: *streng* Ich habe die Schnauze voll. Wie sagt man das auf die feine Art? Es genügt ein Blick, eine Bewegung. So schwierig ist es nicht. Du gehst einfach. Behauptest nachher, dir sei schlecht geworden.

MUTTER bleibt stehen.

SCHAUSPIELER: *mit geschlossenen Augen* Bin ich das Kindermädchen für andere? Soll ich mich reinsteigern, es besser wissen als die Eltern? Wer sagt denn, dass ich eine wichtige Stelle bekleiden soll? Woher kommt der Gedanke? Es geht mich nichts an. Das bin ich nicht. Meine Hilfe wird nicht gebraucht. Keiner ruft nach mir. Es ist alles nicht wahr.

GITARRIST schlägt einen Akkord.

SCHAUSPIELER: *hält seinen Finger ins Textbuch* Auch sie können nichts mitnehmen. Warum sie sich als Unschuldslämmer hinstellen? Keine Ahnung. Nichts als Hass mir gegenüber. Keine Versöhnung. Keine Entschuldigung. Der Vater ist schuld, sagen sie. Vom Testament wissen wir nichts. Zu Lebzeiten der Mutter wurde das so besprochen. Und jetzt erscheint alles umgekehrt.

GITARRIST schlägt einen Akkord.

MUTTER geht weiter im Kreis.

FRAU: Trink!

TRINKER trinkt.

SCHRIFTSTELLER schreibt.

TRINKER: Ich konnte tun, was ich wollte, tat es aber nicht.

MUTTER bleibt stehen.

TRINKER: Um nicht zu sterben, versuchte ich zu leben.

GITARRIST schlägt einen Akkord.

TRINKER: Jeden Tag das gleiche. Aufstehen, Duschen, Zähneputzen. Beim Frühstücken war ich in Gedanken schon im Büro.

MUTTER geht weiter im Kreis.

GITARRIST schlägt einen Akkord.

ALTER: Ich hatte einen über den Durst getrunken. Sie brauchte mir nur in die Augen zu sehen und wusste, was los war. Sie wusste alles, nur warum ich getrunken hatte, wusste sie nicht.

GITARRIST schlägt einen Akkord.

ALTER: Seneca mag ich, Sokrates. Obwohl

ich sie bloß aus Übersetzungen kenne. Aber sie rümpfte die Nase und sagte: Du gibst zu viel Geld aus für Bücher.

GITARRIST schlägt einen Akkord.

FRAU: Trink!

TRINKER trinkt.

SCHAUSPIELER: *liest aus dem Textbuch* Den Tag vergehen lassen, wie er gekommen ist. Ihn nicht verändern wollen. Nur die Narren glauben daran. Pferde sind fehl am Platz. Ein Esel taugt nur noch als Wunder heutzutage.

ALTER öffnet seinen Rucksack.

SCHAUSPIELER: *mit geschlossenen Augen* Trost suchen, sich durchboxen. So tun, als sei alles in Ordnung. Warum hast du Angst? Warum spielst du mit? Willst du nicht herausfinden, was es ist? Die Einzelheiten haben nichts mit dir zu tun. Keiner will was von dir. Du selbst bist es, der sich hängen lässt. Du wirst es schon sehen. Aber das macht nichts. Es bringt dich weiter. Wie weit, weiß niemand. Du musst nur das Gefühl bekommen dafür.

ALTER schließt seinen Rucksack.

SCHAUSPIELER: *selbstbewusst* Gibt es etwas

hinter den Dingen? Der Gesang eines Kindes, das noch nie ein Lied gehört hat. Sich freut am Leben. Was hält mich, der ich gedemütigt wurde, am Leben? Ein anderes Wort gibt es nicht dafür. Eine Tür ist kein Fenster.

GITARRIST holt ein Plakat aus seinem Gitarrenkoffer.

MUTTER bleibt stehen.

GITARRIST reicht der FRAU das Plakat.

FRAU: *liest vor* Um alle Musiker, die noch ein Akustikinstrument spielen, nicht hinter dem Horizont verschwinden zu lassen, wollen wir mit dieser Aktion das Akustikinstrument stärker ins Bewusstsein der Öffentlichkeit rücken.

GITARRIST schlägt einen Akkord.

FRAU reicht das Plakat dem SCHRIFTSTELLER.

SCHRIFTSTELLER: *liest weiter* Die Ausschreibung wird an alle Radiomoderatoren geschickt, mit der Bitte um Erwähnung in ihrer Sendung, auch an die Kulturredaktionen der wichtigsten Zeitungen in Deutschland, Österreich und der Schweiz.

GITARRIST schlägt einen Akkord.

SCHRIFTSTELLER: Mit dieser Aktion kann unser Verein positiv ins Musikgeschehen eingreifen und zusätzlich neue Mitglieder gewinnen.

GITARRIST schlägt einen Akkord.

MUTTER geht weiter im Kreis.

SCHRIFTSTELLER: Die eingereichten Produktionen werden an Juroren verteilt, von denen jeder seinen Favoriten auswählt. Auf einer Sitzung werden von den ausgewählten Stücken die drei besten Titel im Ausscheidungsverfahren einem Publikum vorgestellt, woraufhin von den anwesenden Vereinsmitgliedern der Siegertitel ermittelt wird.

TRINKER: Warum so kompliziert?

SCHRIFTSTELLER: Die beste Produktion wird mit einem Scheck prämiert.

GITARRIST schlägt einen Akkord.

SCHRIFTSTELLER faltet das Plakat zusammen.

SCHAUSPIELER: *rezitiert* Mit dem einen will ich nichts zu tun haben, mit dem andern würde ich Pferde stehlen. Aber der will nicht. Und die Frau, an die ich denke, will nichts wissen von mir. Soll ich mich verausgaben, sie erobern? Daran schuld

22

sein, wenn das Glück nur eine Zeit lang hält? Die Zeit noch langsamer vergeht als sonst? Wozu nochmal etwas Festes anfangen? Suchen, um zu verlieren? Weitermachen bis ans Ende?

GITARRIST schlägt einen Akkord.

SCHAUSPIELER: *mit geschlossenen Augen* Das Kind kann einem auf den Geist gehen. Das Kind schreit. Das Kind weint. Das Kind ist hysterisch. Warum weint das Kind die ganze Zeit? Weil es der Vater versteckt hält hinter einem Strauch. Weil das Kind zur Mutter will, die genüsslich allein beim Essen sitzt, sich Zeit lässt, mürrisch aus dem Speisesaal kommt, das erschöpfte Kind in die Arme nimmt, aber nicht liebevoll. Worauf der Vater zum Essen geht. Was ist das für eine Art, mit einem Kind umzugehen. Es leiden zu lassen? Was ist das für eine Familie? Was wird aus dem Kind?

GITARRIST schlägt einen Akkord.

SCHAUSPIELER: *steht auf* Es läutet das Telefon. Die Musik ist noch nicht zu Ende. Lauter unwichtige Nachrichten. Ist das die neue Unterhaltung gegen die Langeweile? Die dadurch nicht kürzer, sondern noch langweiliger wird?

ALTER öffnet seinen Rucksack.

SCHAUSPIELER: *setzt sich wieder*
Zuvorkommend sein und freundlich, das zählt
nicht mehr. Wo alles auf Krieg ausgerichtet ist, auf
Vernichtung. Da giltst du nur noch als einer von
gestern. Du musst deine Muskeln spielen lassen.
Keine Spielereien. Sondern richtig mit ernstem
Gesicht und geballten Fäusten drauflosgehen und
zuschlagen!

GITARRIST schlägt einen Akkord.

SCHAUSPIELER: *liest aus dem Textbuch* Die
Welt geht unter, aber keiner glaubt daran. Das ist
nicht wahr, ich habe nichts gesehen. Ich bleibe
hier, auf alle Fälle. Ich stehe das durch, das wirst
du schon sehen. Es tut nicht weh, es macht mir
nichts aus. Keine Sorge, das ist nur vorübergehend.
Die Leute sind ängstlich.

ALTER schließt seinen Rucksack.

SCHRIFTSTELLER: Ich war im Zug unterwegs
und dachte: Endlich hast du deine Ruhe! Aber auch
dort holte mich das Telefon ein.

GITARRIST schlägt einen Akkord.

ALTER: Das Telefon erreicht einen überall.

SCHRIFTSTELLER: Immer, wenn es um
was Wichtiges ging, musste ich nach Frankfurt!

MUTTER bleibt stehen.

FRAU: Trink!

TRINKER trinkt.

MUTTER geht weiter im Kreis.

TRINKER holt eine Zigarettenschachtel aus der Hosentasche.

MUTTER bleibt stehen.

TRINKER: *zu sich selbst* Danke, aber ich habe längst aufgehört damit.

GITARRIST schlägt einen Akkord.

TRINKER steckt die Zigarettenschachtel weg.

GITARRIST schlägt einen Akkord.

MUTTER: Keine SPANISCHEN TÄNZE?

GITARRIST schlägt einen Akkord.

MUTTER: Kein Granados?

GITARRIST schlägt einen Akkord.

FRAU: Manche Menschen brauchen Befehle!

MUTTER geht weiter im Kreis.

ALTER öffnet seinen Rucksack.

SCHRIFTSTELLER: Die meisten Menschen lachen nicht mehr, wenn sie lachen.

GITARRIST schlägt einen Akkord.

FRAU: Weil es nichts mehr zu lachen gibt.

SCHRIFTSTELLER: Wenn jemand so etwas sagt, und er kommt nicht vom Fernsehen oder von der Zeitung, glaubt man ihm nicht.

GITARRIST schlägt einen Akkord.

SCHRIFTSTELLER: Haben Sie schon mal jemanden auf einem Flughafen lachen sehen?

FRAU: Leute, die schon überall waren, lachen nicht mehr.

GITARRIST schlägt einen Akkord.

FRAU: Sie halten es nirgends mehr lange aus.

GITARRIST schlägt einen Akkord.

ALTER: Wer das Heimweh nicht kennt, hat kein Zuhause.

MUTTER bleibt stehen.

GITARRIST schlägt einen Akkord.

MUTTER: Kennen Sie die SPANISCHEN TÄNZE?

SCHAUSPIELER: *liest laut aus dem Textbuch* Der Blick durchs Fenster, auch wenn der Freund mit einer anderen Frau vorbeigeht. Der Schmerz, der später kommt und alles in Frage stellt, neu beginnen lässt, was vorbei ist. Du musst nicht nachdenken, was es bedeuten könnte im umgekehrten Sinn.

MUTTER geht weiter im Kreis.

SCHAUSPIELER: *rezitiert* Die Fernsehbeiträge werden abgebucht. Alles gesetzlich geregelt. Es ist längst aus mit der Freiheit, von der schon wieder so viele reden, die sie bekämpfen, auf hinterhältige Art und Weise. Es muss sich was ändern, damit sich alles verändern kann.

GITARRIST schlägt einen Akkord.

SCHAUSPIELER: *mit geschlossenen Augen* Sich ein Bild machen von den andern. Sich selbst nicht begreifen. Nicht zuhören. Alles wegschieben, nichts glauben. Vor lauter Überdruss und Vergeltung laut schreien. Verrückt werden, sich ins Meer stürzen. Aufatmen und

27

weitergehen. Sich umschauen. Endlich ein Gefühl fürs Leben bekommen.

MUTTER bleibt stehen.

FRAU: Trink!

TRINKER trinkt.

ALTER: Meine Frau ist in Rom in einem Bekleidungsgeschäft verschwunden. Nur kurz reinschauen, hat sie gesagt, und ich habe mich draußen auf eine Bank gesetzt.

GITARRIST schlägt einen Akkord.

ALTER: Sie ist in Italien sehr empfänglich für Mode, weil sie glaubt, dort gäbe es elegantere Sachen als zuhause.

MUTTER geht weiter.

SCHAUSPIELER: *unsicher* Zurzeit ändert sich alles. Auch die Bewohner der Weltraumstationen. Die nicht mehr denken, so viele Aufgaben haben sie da oben. Ich bin auch nicht mehr als die andern. Kann nichts beweisen. Am liebsten möchte ich ausbrechen aus der Gesellschaft, die mich später wieder einholen wird.

MUTTER bleibt stehen.

SCHAUSPIELER: *im Textbuch lesend* Zur guten alten Zeit. So würde ich mein Lokal nennen. Nach außen hin. Weil man darin auch einen Teil von sich finden könnte. Die Gedanken bekämen einen Sinn. Selbst wenn es niemanden mehr interessiert.

MUTTER geht weiter im Kreis.

SCHAUSPIELER: *mit geschlossenen Augen* Verliebte, die sich bekriegen. Ein Bild auf der Innenseite einer Geldbörse, die im Mülleimer gelandet ist. Ungleiche Gegner. Die Sonne im Winter. Keine Zukunft, kein Ziel. Keine Freude mehr, die dich weiterbringen könnte. Am Ende nur Ablehnung, Vernichtung, Wut und Verzweiflung.

GITARRIST schlägt einen Akkord.

SCHRIFTSTELLER: Ich träumte von einer Art Auskunftsbüro. Ich wollte mich erkundigen, wie es weitergeht. Kurz bevor ich eine Antwort erhielt, wachte ich auf.

MUTTER bleibt stehen.

SCHRIFTSTELLER: Gehen wir in den Wald?

GITARRIST schlägt einen Akkord.

FRAU und SCHRIFTSTELLER verschwinden in

den Kulissen.

ALTER: *an den TRINKER* Die hat Sie ganz schön im Griff!

TRINKER: Sie hat Bilder im Schlafzimmer hängen. Aquarelle von Hermann Hesse. Dabei dachte ich, er sei ein Dichter im althergebrachten Sinn.

MUTTER geht weiter.

TRINKER: Sind das Originale?, habe ich gefragt. Nein, das sind Vergrößerungen aus einem Buchprospekt. So altmodisches Zeug hängst du dir an die Wand, wollte ich sagen. Sagte es aber nicht.

GITARRIST schlägt einen Akkord.

TRINKER: Das war mein erster Fehler.

ALTER: Sie müssen sich befreien!

GITARRIST schlägt einen Akkord.

TRINKER: Sie hasst die neue Rechtschreibung, wird wütend, wenn sie Amerikanismen hört.

ALTER schließt seinen Rucksack.

TRINKER: Sie hat geschworen, mit dem Rauchen

aufzuhören. Mit diesem Dreck, hat sie gesagt. Wahrscheinlich spricht sie jetzt mit ihm darüber.

GITARRIST schlägt einen Akkord.

TRINKER: Gestern hat sie wieder aufgehört. Ich weiß nicht, ob sie es schafft. Dafür gibt es nur Scheißwörter, hat sie gesagt.

GITARRIST schlägt einen Akkord.

TRINKER: Erst neben mir wird sie stark.

SCHAUSPIELER: *euphorisch* Das Blaue vom Himmel. Der Wunsch, etwas zu gewinnen. Das Herz einer Frau, die so denkt wie du. Die könnte dich retten. Das stimmt, das ist wahr. Aber wo findet man so ein Herz, ohne sich auf die Suche machen zu müssen? Ohne Enttäuschungen zu erleben, die dir das Suchen austreiben, du freiwillig aufgibst? Vielleicht ist das aber das Glück, sie zu finden. Das Wort allein erscheint dir so fremd. Beherrscht nicht das Unglück die Welt? Was bewirkt, dass man von einer Sekunde auf die andere einen Menschen umbringen könnte?

GITARRIST schlägt einen Akkord.

SCHAUSPIELER: *mit geschlossenen Augen* Der Student hat in der Schlussphase nachgelassen. Eine Hängepartie wäre es beinahe geworden. Nur mit letzter Kraft hat er sich rausgerissen aus dem

Schlamassel. Sich besonnen auf seine Stärken, die er vernachlässigt hatte. Die Konzentration und der Wunsch, Sieger zu werden, haben ihn wieder übermannt. Und doch ist er nur im Mittelfeld gelandet, das er anfangs so verachtet hat.

MUTTER bleibt stehen.

SCHAUSPIELER: *laut* Was hat mir die Welt schon zu bieten außer Krankheiten und Sorgen um einen Job, der jetzt so heißt, weil er mit vernünftiger Arbeit nichts zu tun hat. Viel vernünftiger wäre es, kranken Menschen zu helfen. Ohne Wenn und Aber.

GITARRIST schlägt einen Akkord.

SCHAUSPIELER: *im Textbuch lesend* Aushalten heißt es, bis zum bitteren Ende. Weiß ich nicht selber, dass man nicht aufgeben soll, weitermachen, bis es besser wird? Es ist schön, es ist nicht schön. Es wird oft nur so getan, als wäre es schön. Stimmt es etwa nicht?

GITARRIST schlägt einen Akkord.

SCHAUSPIELER: *vorwurfsvoll* Bin ich eingebildet? Bin ich gesund? Bin ich groß? Bin ich stark? Bin ich ein Melancholiker, der vorgibt, nichts zu wissen? Einer, der alles in Frage stellt, nur um es in Frage zu stellen? Ein Träumer? Ein Medium, das niederschreibt, was ihm zufliegt? Einer, der seine Gedanken preisgibt, die jeder versteht? Ein Tunichtgut? Ein Taugenichts?

GITARRIST schlägt einen Akkord.

SCHAUSPIELER: *aufmunternd* Lass es laufen, wie es läuft. Erzwinge nichts. Weißt du nicht, solange du dich nicht veränderst, verändert sich nichts. Dein Wille ist nicht meiner. Eine Frau ist immer noch eine Frau, auch wenn sie sich herrisch gibt. Von den Kindern kannst du was lernen. Sie sind mit nichts zu vergleichen. Deine Träume hören nicht auf. Die Krise ist ein Wort. Eine Ausrede für dein Verhalten.

GITARRIST schlägt einen Akkord.

SCHAUSPIELER: *mit dem Finger im Textbuch* Wenn die Leute glauben, sie hätten sich entschieden, wurde bereits über sie entschieden. Soll ich mich umbringen für andere? Etwas erreichen, das niemand interessiert? Ich will mich nicht einmischen. Wenn ich so etwas denke, weiß ich nicht, was herauskommt. Alles ändert sich und doch nicht. Zum Schluss ist es umsonst gewesen. Dein Gesicht bleibt nicht, wie es ist. Es ändert sich mit jedem Gedanken.

MUTTER geht weiter im Kreis.

GITARRIST schlägt einen Akkord.

FRAU und SCHRIFTSTELLER kehren zurück.

TRINKER trinkt.

GITARRIST schlägt einen Akkord.

FRAU: Ist das die ganze Geschichte?

SCHRIFTSTELLER: Wenn sich nichts bewegt, bewegt sich nichts.

TRINKER trinkt.

GITARRIST schlägt einen Akkord.

TRINKER: Eine Sternschnuppe verglühte am Himmel und ich wusste nicht, was ich mir wünschen sollte.

GITARRENSPIELER schlägt einen Akkord.

FRAU: Trink!

TRINKER trinkt.

FRAU: Warum spricht eigentlich der Gitarrenspieler nicht?

ALTER: Wahrscheinlich ist er taub.

FRAU: Dann könnte er nicht spielen.

GITARRIST schlägt einen Akkord.

SCHRIFTSTELLER schreibt.

FRAU: Was haben Sie gerade geschrieben?

SCHRIFTSTELLER: Ihre lasziven Bewegungen ließen sie nackter erscheinen als sie war.

GITARRIST schlägt einen Akkord.

FRAU hebt ihr Hemdchen in die Höhe, zeigt ihre Brüste.

ALTER zieht eine Kette aus dem Rucksack.

TRINKER trinkt.

MUTTER bleibt stehen.

ALTER lässt die Kette kreisen.

MUTTER: Was wisst ihr schon vom Leben?!

KAPUZENMANN erscheint.

SCHRIFTSTELLER: Einerseits die Sau rauslassen, andererseits das Gesicht wahren.

TRINKER trinkt.

SCHRIFTSTELLER: *in die Runde blickend*
Was bringt uns weiter?

GITARRIST: Verstanden zu werden.

FRAU: Ah, es hat ihm gar nicht die Sprache verschlagen!

SCHRIFTSTELLER: Was wäre wichtig?

GITARRIST: Aufrichtigkeit.

SCHRIFTSTELLER: Was möchten Sie nicht vermissen?

GITARRIST: Die Schlussphrase von GREEN GREEN GRASS OF HOME. Die Akkordfolge von DAYDREAM der Lovin' Sponful. GRANDFATHERS CLOCK von den Shadows.

SCHRIFTSTELLER: Was heißt Tradition?

GITARRIST schlägt einen Akkord.

ALTER: Die Menschen bringen damit etwas Schönes in Verbindung. Tradition ist aber nicht schön, es handelt sich nur um Geschichten, die weitererzählt werden. Gehören nicht Touristen, die vor einem Herrscherhof auf die Wachablösung warten, auch schon zur Tradition?

KAPUZENMANN überquert die Bühne.

TRINKER trinkt.

GITARRIST schlägt einen Akkord.

MUTTER geht weiter im Kreis.

SCHRIFTSTELLER: Was hat Sie im Leben enttäuscht?

ALTER: In Italien war der Wein so gut, dass ich mir drei Kisten davon mit nach Hause nahm. Da schmeckte er mir aber nicht mehr.

KAPUZENMANN bleibt stehen.

GITARRIST schlägt einen Akkord.

SCHAUSPIELER: *mit geschlossenen Augen* Sonnenblumen suchen die Sonne. Verbrecher ihre Opfer. Das ist eine Vermutung. Die meiste Zeit läuft es anders. Hat man nichts, sucht man weiter. Man weiß nicht, was vorgeht in einem. Man folgt einer Richtung, die man nicht kennt.

GITARRIST schlägt einen Akkord.

SCHAUSPIELER: *mit dem Finger im Textbuch* Was sagt dein Bauchgefühl? Bist du dir sicher? Verleugnest du dich? Hast du eine Meinung? Musst du eine haben? Was ist wichtiger – du oder die Andern? Wer sagt dir, was richtig ist? Wer bist du?

KAPUZENMANN verschwindet.

SCHAUSPIELER: *leise* Ein Tag im April ist oft schöner als ein Tag im August. Wenn du weißt, was du willst, ist es nur noch ein Kinderspiel. Wer spielt von sich aus, wenn er alles hat?

GITARRIST: *holt ein Heft aus seinem Gitarrenkoffer* Ich habe das Tagebuch meiner Mutter gefunden, in dem sie meine Angst beschreibt.

KAPUZENMANN erscheint am Bühnenrand.

GITARRIST: *beginnt zu lesen* Mein Sohn ist schon selbständig. Er geht allein zur Schule und macht auf dem Weg keine Faxen mehr. Er räumt sein Zimmer auf, ohne dass ich ihm das befehlen muss.

MUTTER bleibt stehen.

GITARRIST: Er kümmert sich um seine kleine Schwester. Er geht alleine zum Einkaufen, wenn Mama etwas vergessen hat. In der Schule passt er immer auf. Er hat so fleißig gelernt, dass er in Mathematik einen Einser bekommen hat.

MUTTER geht weiter.

KAPUZENMANN verschwindet.

SCHAUSPIELER: *mit geschlossenen Augen*
Morgen wird es regnen, meint der Mann an der
Bar. Die Frau starrt auf ihre Fingernägel. Man
merkt, dass etwas nicht stimmt mit den beiden.
Die Tür fällt ins Schloss. Ich drehe mich um und
sehe den Schlüssel am Boden. Ich steige mit
beiden Füßen darauf. Trotzdem geht das Leben
weiter.

FRAU: Trink!

TRINKER trinkt.

SCHAUSPIELER: *verärgert* Der Mensch ist
kein Tier. Der Mensch sieht im Tier etwas
Niederes, Unwürdiges. Er verwendet das
Wort als Schimpfwort, wenn er damit etwas
Niederträchtiges ausdrücken will. Ein Sauwetter
ist das! Eine Schweinerei! Ein Wörterbuch mit
Beschimpfungen wäre der Bestseller schlechthin.

KAPUZENMANN erscheint im Hintergrund.

GITARRIST schlägt einen Akkord.

SCHAUSPIELER: *mit dem Finger im Textbuch*
Einfach eine Geschichte erfinden über die
Unzulänglichkeit. Welche Unzulänglichkeit?
Um wen geht es überhaupt? Wer hat das
Sagen? Wer fügt sich ein? Wer widerspricht

hier wem? Keine Ahnung. Morgen ist auch noch ein Tag. Die Menschen brauchen etwas zum Nachdenken.

KAPUZENMANN geht an den Bühnenrand.

SCHAUSPIELER: *laut* Die Welt geht nicht unter. Auch die Sonne nicht. Die Menschen haben eine rege Phantasie. Kinder und alte Leute erkennt man schon von weitem. Frauen, die allein auf der Straße gehen. Menschen machen sich Gedanken, wenn es um das Leben anderer Leute geht. Weil das eigene kennen sie schon zur Genüge.

MUTTER bleibt stehen.

SCHAUSPIELER: *verzweifelt* Wir haben uns nichts mehr zu sagen. Wenn einer sich nicht mehr für den andern interessiert. Nur noch aus Faulheit Ja sagt oder Nein. Im Grunde kein Interesse mehr besteht. Wenn es keiner mehr fertig bringt, wegzugehen vom andern. Weil sich ein jeder angekettet fühlt.

GITARRIST schlägt einen Akkord.

SCHAUSPIELER: *mit geschlossenen Augen* Erst der Wolkenbruch. Dann die Sonne. Das Meer so blau wie der Himmel. Die Wolken verschwinden. Bloß nicht übermütig werden. Andererseits darf man sich nicht alles gefallen lassen. Ein schöner Gedanke: die Landschaft. Schöner als vom

Menschen erdacht.

MUTTER geht weiter im Kreis.

SCHAUSPIELER: *mit dem Finger im Textbuch*
Der Tag ist nicht die Nacht, die sich legt über dein
Gesicht wie ein Stück Tuch. Das dich nicht atmen
lässt. Bis du aufwachst und denkst, wo ist der Tag?
Die Erlösung? So stelle ich mir die Hölle vor,
wenn du nicht richtig gelebt hast, es keine Hilfe
mehr gibt für dich.

GITARRIST schlägt einen Akkord.

SCHAUSPIELER: *mit geschlossenen Augen*
Draußen geht die Traumfrau vorbei, die dir
nachstellt. Es aber nicht zugibt, weil du
aufmerksam geworden bist auf sie. Dabei setzt
du alles in Bewegung, dass sie stehen bleibt vor
dir. Bis du erkennst, es ist alles nur ein Spiel.

ALTER verstaut die Kette im Rucksack.

SCHRIFTSTELLER: *in die Runde blickend*
Was würden Sie sich wünschen?

SCHAUSPIELER: Keine Bevormundung.

ALTER schließt seinen Rucksack.

SCHRIFTSTELLER: Was ist zeitlos?

ALTER: Die Sonne.

FRAU: Wieso?

ALTER: Sie wird weiterscheinen, auch wenn es uns nicht mehr gibt.

GITARRIST spielt die Schlussphrase von A HARD DAYS NIGHT.

SCHAUSPIELER: Das kenne ich.

ALTER: Ich auch.

KAPUZENMANN poltert über die Bühne.

ALTER lässt seinen Rucksack fallen.

GITARRIST erkennt den KAPUZENMANN.

MUTTER bleibt stehen.

GITARRIST vergreift sich und spielt einen falschen Akkord.

KAPUZENMANN schlurft mit einer Drohgebärde über die Bühne.

TRINKER erstarrt.

FRAU versteckt sich hinter dem SCHRIFTSTELLER.

KAPUZENMANN breitet höhnisch lachend seinen weiten Mantel aus.

Panikartige Fluchtversuche.

Angstschreie.

Dunkelheit.

Stille.

- E N D E -

Als ich das Meer war

Fünf Bilder

MORGEN
VORMITTAG
MITTAG
NACHMITTAG
ABEND

Darsteller

DER ÜBERLEBENDE

*„Als ich das Meer war" könnte man als die
Fortsetzung des Stücks „Vom Gehen im Kreis"
betrachten. Ein Überlebender allein auf einer
Insel. Erwartet einen Anruf. Geht hin und her.
Führt Selbstgespräche. Bleibt stehen. Stützt
seine Arme in die Hüften. Schaut hinaus aufs Meer.
Setzt sich in ein ausrangiertes Fischerboot. Läuft
ins Wasser. Dreht sich noch einmal um. Fängt zu
schwimmen an. Verschwindet in immer kürzer
werdenden Bewegungen hinter dem Horizont.*

Morgen

*Die Bühne stellt einen verlassenen Strand dar.
Schwaches Sonnenlicht. DER ÜBERLEBENDE auf
einer Liege. Zerschlissenes Hemd. Barfuß. Kurze
Hose. Neben ihm ein Sonnenschirm. Badetasche.
Handtuch. Stuhl. Im Hintergrund Wolken über dem
Meer. Ausrangiertes Fischerboot neben der Liege.
Ein weiterer Sonnenschirm zusammengefaltet vor
dem Boot.*

Ein Mobiltelefon fängt zu klingeln an.

*DER ÜBERLEBENDE nimmt das Telefon, drückt
mehrmals auf die Empfangstaste, bringt keine
Verbindung zustande.*

*Er holt eine Thermosflasche aus der Badetasche,
öffnet sie, nimmt einen Schluck.*

Das Handy fängt wieder zu bimmeln an.

Er drückt auf das Knöpfchen, aber vergeblich.

Er legt das Handy beiseite.

Verstaut die Thermosflasche.

Holt ein Sandwich aus der Badetasche.

Fängt zu essen an.

Räuspert sich.

Hustet.

Legt das Sandwich auf die Liege.

*Er steht auf, geht zum Stuhl, nimmt das Handtuch
von der Lehne und kehrt zur Liege zurück.*

Er setzt sich auf die Liege.

Legt das Handtuch über seine Knie.

Schließt die Augen, öffnet sie.

Er betrachtet das Handtuch.

Legt das Handtuch zusammen.

Er steht auf, macht eine Kniebeuge.

Er setzt sich wieder.

Er beißt in das Sandwich.

Wischt sich den Mund ab.

Betrachtet das Handy.

Die offene Badetasche.

Die Thermosflasche.

Er steht auf.

Geht hin und her.

Bleibt stehen.

Stützt seine Arme in die Hüften.

Schaut hinaus aufs Meer.

* * *

Vormittag

*Badestrand. Mildes Sonnenlicht. DER
ÜBERLEBENDE sitzt im ausrangierten
Fischerboot. Daneben Stuhl. Badetasche.
Sonnenschirm. Liege. Weiße Wolken über
dem Meer. Ein weiterer Sonnenschirm
zusammengefaltet vor dem Boot.*

DER ÜBERLEBENDE betrachtet das Handy.

Legt das Handy beiseite.

Steht auf.

Setzt sich.

Schließt die Augen.

Öffnet sie.

Schaut vor sich hin.

Steht auf und verlässt das Boot.

Geht zur Liege.

Auf halbem Weg fängt das Handy zu bimmeln an.

Er läuft zurück.

Kommt zu spät.

Kehrt wieder um.

Geht zur Liege.

Bleibt stehen.

Geht um die Liege herum.

Betrachtet die Badetasche.

Öffnet die Badetasche.

Macht sie wieder zu.

Betrachtet seine Fingernägel.

Legt sich hin.

Steht wieder auf.

Geht um die Liege herum.

Bleibt stehen.

Kehrt zum Boot zurück.

Setzt sich ins Boot.

Bearbeitet in gebückter Haltung das Handy.

* * *

Mittag

Badestrand. Sonne im Zenit. Wolkenloser
Himmel. Sonnenschirm. Badetasche. Handtuch.
Stuhl. Ausrangiertes Fischerboot. Ein weiterer
Sonnenschirm zusammengefaltet vor dem
Boot.

DER ÜBERLEBENDE kommt erschöpft aus dem
Meer.

Schleppt sich zum Boot.

Übergibt sich.

Lehnt sich an die Bootsplanken.

Atmet tief.

SCHWÄCHLING!

Spuckt Wasser.

Keucht.

Geht zur Liege.

Zieht sich aus.

Wirft Hemd und Hose über den Stuhl.

WIEDER NICHT!

Legt sich auf die Liege.

ANGSTHASE!

Atmet ruhig.

* * *

Nachmittag

Badestrand. Starkes Sonnenlicht. Wolken über dem Meer. DER ÜBERLEBENDE im ausrangierten Fischerboot. Sonnenschirm. Badetasche. Handtuch. Stuhl. Ein weiterer Sonnenschirm zusammengefaltet vor dem Boot.

DER ÜBERLEBENDE versucht zu telefonieren.

Bringt keine Verbindung zustande.

Legt das Handy beiseite.

HILF DIR SELBST, DANN HILFT DIR DER HIMMEL!

Betrachtet das Handy.

SCHWÄCHLING!

Steht auf.

Setzt sich.

Holt eine Whiskyflasche unter dem Sitz hervor.

Öffnet die Flasche.

Nimmt einen kräftigen Schluck.

Rülpst.

Betrachtet die Flasche.

Hustet.

Steht auf.

Dreht den Kopf hin und her.

Setzt sich.

Schaut streng geradeaus.

Steht wieder auf.

Macht einen Schritt zur Seite.

Öffnet die Whiskyflasche.

Nimmt einen Schluck.

Betrachtet das Handy.

Verlässt das Boot.

Geht am Strand entlang.

Bleibt stehen.

Geht zurück zum Boot.

Blickt sich um.

Steigt ins Boot.

Setzt sich.

Öffnet die Whiskyflasche.

Nimmt einen Schluck.

Steht auf.

Bleibt stehen.

Stützt die Arme in die Hüften.

Schaut hinaus aufs Meer.

* * *

Abend

Badestrand. Tiefstehende Sonne. Wolken über dem Meer. Ausrangiertes Fischerboot. Sonnenschirm. Badetasche. Handtuch. Stuhl. Ein weiterer Sonnenschirm zusammengefaltet vor dem Boot.

DER ÜBERLEBENDE auf der Liege.

Öffnet die Whiskyflasche.

Nimmt einen kräftigen Schluck.

Steht auf.

ICH KANN ES.

Läuft hin und her.

ICH KANN ES!

ICH KANN ES!

Dreht sich im Kreis.

ICH!

KANN!

ES!

Bleibt stehen.

Läuft mit weit ausgebreiteten Armen ins Meer.

Fängt zu schwimmen an.

Schnell und zielstrebig.

Verschwindet in immer kürzer werdenden Bewegungen hinter dem Horizont.

- ENDE -

ADELHARD
WINZER
DIE SPRACHGRENZE
GESCHICHTEN. 2018. 184 SEITEN
BOD – BOOKS ON DEMAND,
NORDERSTEDT
ISBN 9783746087429

In mehr als hundert
ineinandergreifenden
Geschichten (die längste hat elf
Seiten, die kürzeste vier Zeilen)
wird anhand der Parabel, der
Groteske, der Fabel und der Übertreibung
von Personen und Ereignissen berichtet,
denen allen gemeinsam die Thematik
„In der Fremde" zugrunde liegt. Skizzenhaft,
lakonisch, phantastisch überhöht,
bis an die Grenzen der Erzählbarkeit.

„Ihre Texte haben lange auf meinem Schreibtisch
gelegen und ich habe immer mal wieder
hineingeschaut. Der Titel ‚Sprachgrenze' ist total
richtig gewählt. Alle Texte machen vor etwas Halt –
eine Wand? Ein Absturz? Ein Paradies? Das
wirkliche Leben? (was immer das ist). Man
wartet auf einen Durchbruch, aber er kommt nicht.
Sehnsuchtstexte! Sehnsucht sehnt sich nach
Erlösung. Aber was könnte das sein?
Gott? Die Liebe? Die Tat?"
Ruth Rehmann in einem Brief an Adelhard Winzer

„Deine Geschichten sind klasse,
sie ziehen den Leser in den Bann,
sind erschreckend ehrlich und hart,
sprachlich fein gesponnen."
Thomas Felber, Buchhandlung Lentner, München

„Ich finde Ihr Werk rundherum gelungen."
Wolfgang Weinkauf

ADELHARD WINZER
ANDREAS. REPRINT. 2019. 80 SEITEN
BOD – BOOKS ON DEMAND,
NORDERSTEDT
ISBN 9783749436804

„Dieses Buch wendet sich Problemen zu, wie
Jugendliche sie in unserer Gegenwart haben können:
der Zweifel am sogenannten Fortschritt, mangelnde
Verbundenheit mit der Natur, Missverstehen der
Erwachsenen im Hinblick auf jugendliches
Verhalten. Das Buch wird gewiß einen Teil von
älteren Kindern und Jugendlichen in
weiterführenden Schulen gut ansprechen."
Prof. Doktor Anton Reinartz,
VJA Nordrheinwestfalen

„Ein wichtiges Buch, insbesondere für Erwachsene,
denn hier können sie etwas erfahren über die Kluft,
die sie zwischen sich und den Kindern aufgebaut
haben und die Unkindlichkeit unserer Welt."
Klaus Friedrich, München

„In dem schmalen Büchlein steht Bedeutsames."
Reichenhaller Tagblatt

„Begegnung mit einem außergewöhnlichen Jungen."
Stuttgarter Nachrichten

„In einem langen Brief schreibt sich Andreas
all das vom Herzen, was ihn freut, aber auch was ihn
bedrückt, was ihm an den Erwachsenen nicht gefällt,
die schuld daran sind, dass Landschaften
zu Betonwüsten werden, die sich immer
streiten müssen, die Kriege führen ..."
Katholischer Kirchenanzeiger

„Das Buch habe ich bekommen und gelesen.
Es gefiel mir. Talentierter Mann!"
Stephan Sulke

ADELHARD WINZER
KRETHI UND PLETHI / DAS KORKENSPIEL
ZWEI STÜCKE. 2019. 124 SEITEN
BOD – BOOKS ON DEMAND, NORDERSTEDT
ISBN 9783750414716. AUFFÜHRUNGSRECHTE:
CANTUS THEATERVERLAG, ESCHACH

KRETHI UND PLETHI. DRAMOLETT

Ein Stück, das die Sprache zum Mittelpunkt
hat. Befangenheit und Vorurteile der
Menschen. Keine zwingende Handlung. LAYLA
(schwarzhaarig) und SABRINA (blond), einheitlich
gekleidet, sitzen Rücken an Rücken auf einer Bank,
reden über eine fremde Person, stehen auf, gehen im
Kreis, deuten mit den Händen, vermeiden es, sich
dabei anzuschauen. Ort des Geschehens: Ein
Kirchenplatz. Bühnenlicht, das, während
sie sprechen, allmählich schwächer wird und
den Schatten des Kirchturms näher bringt.

DAS KORKENSPIEL. DRAMA

Alf und Bianca haben ihre Stadtwohnung
aufgegeben und versuchen in einem abgelegenen
Bauernhof auf dem Land sesshaft zu werden. Eines
Tages bekommen sie Besuch von Gitte und Ernst,
einem befreundeten Paar aus der Stadt. Sie machen
es sich bei Kaffee, Kuchen und Wein im Garten
bequem, erzählen von ihren Reisen nach Asien,
Österreich, Italien, Mexiko und New York. Während
Alf und Bianca sich gegenseitig die Beweggründe
ihres Neuanfangs zu erklären versuchen, schwärmen
Ernst und Gitte von der ländlichen Umgebung.
Ein harmlos erscheinender Nachmittag auf
dem Bauernhof, bei dem es am Abend
zur Katastrophe kommt.

ADELHARD WINZER
DER PENSIONIST
GESCHICHTEN
2019. 156 SEITEN
BOD – BOOKS ON DEMAND,
NORDERSTEDT
ISBN 9783749455041

Lieber Gott, ich fühle mich heute so einsam. Ich will mit Dir sprechen. Wo bist Du? Gehörst Du der Kirche, wie alle behaupten? Nein, von Gut und Böse wird da geredet, nicht von Gott. Als Kind haben mich alle erschreckt mit ihrer Hölle. Immerzu muss man dort bleiben, haben sie gesagt, wenn man die Gebote nicht einhält – bis in alle Ewigkeit! Der Gedanke hat mich beinahe verrückt gemacht als Kind, weil ich es verstehen wollte und doch nicht verstand. O Gott, ich fühle mich heute so einsam. Ich weiß nicht wohin. Die andern tragen Dich vor sich her wie einen Schild, schmücken ihre Bücher mit Bibelzitaten, weil sie selber nichts sind. Mich beschuldigen sie, weil ich nicht in die Kirche gehe. Nein, sie beten die Hostie an, den Altar, das Kruzifix, nicht Dich. Hast Du nicht zu mir gesagt, schau hin, wo andere wegschauen? Sei genau, sieh, was richtig ist und was nicht! O Gott, wo bist Du, ich will mit Dir reden. Hörst Du mich nicht?

„Das Surreale und manchmal das Widersprüchliche ist in den Texten von Adelhard Winzer zu finden. Immer wieder fordert er mich heraus über die Inhalte seiner Geschichten nachzudenken."
Heinz Steinbacher

ADELHARD WINZER
ITALIENISCHE SKIZZEN
PROSA
2020. 136 SEITEN
BOD – BOOKS ON DEMAND,
NORDERSTEDT
ISBN 9783750403208

*Der Strand war menschenleer,
der Mond spiegelte sich im Meer.
Ich war hellwach, fing zu schreiben an.
Es war eine Nacht voller Einfälle,
Gedankensprünge. Ich wurde nicht müde.
Der Tag hatte noch nicht begonnen.*

„Adelhard Winzers Skizzen benötigen
nur wenige Sätze und Zeilen, um eine
besondere Atmosphäre einzufangen,
über ein Empfinden Auskunft zu geben,
ein Erlebnis zu schildern oder einer
früheren Kränkung nachzuspüren.
Die Reflexionen aus einem an Erfahrungen
überreichen Leben schwingen zwischen den
Themen Sprachlosigkeit und Geschwätzigkeit,
Einsamkeit und Geselligkeit, Zweifel und
Gewissheit. Zudem erweist sich Winzer
als genauer Beobachter menschlicher
Schwächen, der eigenen genauso wie
denen der anderen. Über allem weht ein
Hauch von Melancholie, vermischt
mit italienischer Leichtigkeit.“
Isa Schikorsky

ADELHARD
WINZER
STOCKHOLM BLUES
KURZPROSA
2018. 92 SEITEN
BOD – BOOKS ON DEMAND,
NORDERSTEDT
ISBN 9783752839814

Seit ich denken kann, will ich nach Stockholm.
Kennen Sie Stockholm? Ich war noch nie dort.
Es ist schön, wo ich wohne, ich vermisse nichts.
Also, sagen meine Freunde, was willst du
in Stockholm? Ich weiß nicht. Nachts erwache
ich aus meinem Traum, drehe mich auf
die andere Seite und denke, morgen gehe ich
nach Stockholm. Stets kommt etwas
dazwischen. Ich gehe zur Arbeit, ärgere mich,
gehe wieder nach Hause – schon ist der Tag
vorbei. Wie schön wäre es jetzt in Stockholm,
denke ich, warum bist du nicht nach Stockholm
gegangen! Ich war in Trinidad, ich war in
New York, aber was ist das im Vergleich
zu meinem Traum. Meine Freunde sagen,
geh in dich, vergiss dieses Stockholm,
es bringt dich noch um! Aber in Gedanken
bin ich in Stockholm. Ich weiß nicht warum.
Um was Neues beginnen zu können,
muss ich nach Stockholm. Kennen Sie
Stockholm? Waren Sie schon dort?
Heute wäre ein guter Tag,
um nach Stockholm zu gehen!

ADELHARD
WINZER
VENEDIG, VON HIER AUS
AUFZEICHNUNGEN
2019. 212 SEITEN
BOD – BOOKS ON DEMAND,
NORDERSTEDT
ISBN 9783749437481

Diese Arbeiten
folgen keinem
künstlerischen Konzept,
keiner Gesetzmäßigkeit, keiner
Logik im herkömmlichen Sinn.
Niedergeschrieben in einem Zug,
frei von ablenkenden Gedanken
oder Zugeständnissen an
eine literarische Form
enthält der Band
zweihundert Aufzeichnungen
aus dem Unterbewusstsein.
Allein das Aufhören
am Ende der jeweiligen
Notizbuchseite,
um erneut beginnen
zu können, galt als
Einschränkung beim
Schreiben dieser Texte.

ADELHARD WINZER
DIE KÜRZESTE
LIEBESGESCHICHTE DER WELT
GEDICHTE. 2020. 124 SEITEN
BOD – BOOKS ON DEMAND,
NORDERSTEDT
ISBN 9783750437289

Zuerst wollte nur er
aber sie nicht dann
wollte sie aber er nicht
worauf auch sie
nicht mehr wollte

„Die kürzeste
Liebesgeschichte
der Welt" erzählt von
knappen Augenblicken
des Liebesglücks, vor
allem aber von verpassten
Gelegenheiten, Missver-
ständnissen, Kränkungen
und Vorurteilen, die das
scheue Gefühl schnell wieder
vertreiben. Die Liebe – ersehnt,
erträumt, erhofft – und doch
zu flüchtig, um sie für
immer festzuhalten.

ADELHARD WINZER
LÜGENGESCHICHTEN
2018. 132 SEITEN
BOD – BOOKS ON DEMAND,
NORDERSTEDT
ISBN 9783752862102

Der Mond hat sieben Türen, sprach das Kind.
Ich lebe nicht hinter dem Mond, erwiderte
der Mann. Du hast keine Ahnung, meinte
das Kind, wenn der erst mal seine Hintertür
aufmacht, beginnen die Menschen zu wackeln.
Von wegen wackeln, sagte der Mann. Ja,
wenn der Mond wirklich wollte, könnte
er die ganze Welt überschwemmen,
aber er hat Mitleid mit uns, vor allem
mit den alten Leuten. Ich bin nicht alt,
entgegnete der Mann. Für ganz Alte, sagte
das Kind, macht er die Vordertür auf,
dort können sie hineingehen! Und das
Kind verschwand wie es gekommen war.
Blödsinn, dachte der alte Mann, drehte sich
auf die andere Seite, und konnte doch nicht
einschlafen. Seine Gedanken begannen
um den Mond zu kreisen, um die Erde,
um alte Leute. Schließlich träumte er,
durch eine große weite Tür zu gehen.
Alle Menschen machten ihm Platz,
verbeugten sich und riefen:
Wo warst du denn die ganze Zeit!

ADELHARD WINZER
GRUNDSÄTZE
ÜBER DIE KUNST
2018. 72 SEITEN
BOD – BOOKS ON DEMAND,
NORDERSTEDT
ISBN 9783748102038

*Schon als Kind versuchen sie
dich wegzubringen von dir selbst:
Die Wissenschaft, die Mode,
das Fernsehen, Religionen,
Parteien und Politiker. Alle sagen
sie: Glaub an mich! Glaub an mich!
Wer hat dir jemals gesagt:
Glaub an dich selbst!?*

*Der Sommer, das Fahrrad, Blätter im Sand,
der Wald und die Nacht und die Stimmen,
das Lachen, der Himmel, die Kräuter
und Beeren, Geschmack von Rauch
in der Luft, Pfennigstücke neben den
Eisenbahnschienen, die Wiesen, die
Äcker, die Farben, die Birken,
Getreidefelder im Wind, der
Hügel, der See, Nebel und Bläue,
Vater, Mutter, Winter im Land,
der Schal und der Schlitten,
Bruder, Schwester – gesehen
aus einem engen Raum.*

ADELHARD
WINZER
DIE KUNST DES
DRACHENTÖTENS
CAPRICCIOS
2020. 148 SEITEN
BOD – BOOKS ON DEMAND,
NORDERSTEDT
ISBN 9783751937122

*Der große Moment, wenn
jemand zu lachen anfängt,
einen Schritt auf dich zugeht,
ohne finstere Absicht. Was für ein
Augenblick! Die Gedanken,
die hin und her gehen.
Zuversicht oder Aufrichtigkeit?
Vertrauen oder Misstrauen?
Was hat das eine mit dem
anderen zu tun, der
endlose Monolog?*

„Die Kunst des Drachentötens"
handelt von Stimmen in der Nacht,
von Phantasien und Traumsequenzen,
teilweise surreal anmutend, mystisch,
absurd. Assoziative, vielsinnige
Gedankenketten, die in eigenwilligem
Rhythmus auf hintergründige, kaum
greifbare Weise die Ungewissheiten,
Unwägbarkeiten und Fragen
umkreisen, vor die das Leben
uns täglich stellt.

ADELHARD WINZER
LIEBLOSE ZEITEN
GEDICHTE. 2020
116 SEITEN. PAPERBACK
BOD – BOOKS ON DEMAND,
NORDERSTEDT
ISBN 9783750452015

*Nicht durch getreues Nachahmen
oder Beschönigen der Realität allein
durch Aufdecken und Hinterfragen
von Ungereimtheiten und Lügen
bekäme das Schreiben einen Sinn*

*Dein Wesen ist wie der Schatten
nein das stimmt nicht dein
Wesen ist nicht vollkommen
nur dein Schatten also
halte dich an den Schatten*

Wie lebt und liebt man in unseren
unsicheren Zeiten, in denen nichts
mehr gewiss ist? Wie wird man
gelassen und weise? Wie geht man
mit Ängsten und Sehnsüchten
um? Adelhard Winzer misstraut
einfachen Antworten. Seine
eigensinnigen Gedichte fordern
zum achtsamen Lesen, zum Mit-
und Nachdenken auf und lassen
dabei eine völlig neue Sichtweise
auf allzu Gewohntes und
Vertrautes entstehen.

ADELHARD WINZER
LIEBES, BÖSES KIND. DRAMA
2020. 88 SEITEN. PAPERBACK
BOD – BOOKS ON DEMAND,
NORDERSTEDT
ISBN 9783751976794

*Als Kind hatte ich so viel Liebe in mir,
mich gefreut über das Schöne im Leben.
Aber meine Liebe wollten die Leute
nicht. Man muss seine ganze Liebe
geben, haben sie gesagt. Aber das
stimmt nicht, man muss alles
verheimlichen, verstecken, wie
im Krieg. Wenn du zu viel Liebe
gibst, nehmen dich die Leute
nicht ernst. Liebe ist ein
Fremdwort. Liebe schreibt
man ganz anders!*

Ein Soldat kommt von einem Einsatz
zurück, der ihn die beste Zeit des Lebens
gekostet hat. Er besucht das Oktoberfest.
Trifft sein zweites Ich. Begegnet unerwartet
einem Freund, der ihm ein Geschäft
vorschlägt. Findet sich in einem
Separee wieder. Besucht seine
Schwester. Kehrt endgültig
nach Hause zurück.

ADELHARD
WINZER
MARATONGA
EIN TRAUMSPIEL
PAPERBACK
2020. 104 SEITEN
BOD – BOOKS ON DEMAND,
NORDERSTEDT
ISBN 9783751993920

*Denn nichts ist für die Ewigkeit
Alles andere nur Träumerei*

Ein Mann und eine Frau treffen
sich nach jahrzehntelanger
Trennung wieder, sie erzählen
davon, wie und wo sie ihre
Zeit ohneeinander verbracht
haben, was sie gesehen, erlebt
und empfunden haben dabei. Sie
vertrauen sich Geheimnisse an,
gehen gemeinsam zum Essen,
betrachten alte Fotoalben, erzählen
von den unwiederbringlichen
Zeiten, aber auch vom Heute,
das ihnen leer und zukunftslos
erscheint. Ein Traumspiel
von Liebe, Freundschaft,
Sehnsucht und Tod.

ADELHARD WINZER
STRANDGUT. MINIATUREN
2021. 216 SEITEN
BOD – BOOKS ON DEMAND,
NORDERSTEDT
ISBN 9783750442276

*Der Wind trägt dich hinaus
aufs Meer. Möwen erzählen
dir was von gestern. Die Sonne
nur noch ein Funke. Auch deine
Bewegungen werden langsamer.
Ein Segelflieger landet auf dem
Wasser. Ein Tag im August, der nie
wieder kommt. Die Häuser weit weg.
Du schwimmst um dein Leben.
Am Strand winken dir Leute
zu. Du weißt nicht warum.
Kein rettender Gedanke.*

Im Sommer 2010 begann ich in
Italien Aufzeichnungen zu machen,
schnell und ohne das Geschriebene
noch einmal zu lesen. Sechs Jahre
später habe ich auf die gleiche Weise
ein Notizbuch geführt, beide Fassungen
überarbeitet, neu zusammengestellt und
zur Veröffentlichung freigegeben. Spontane
Prosastücke, Miniaturen, unvollendete
Geschichten über Freundschaft und Liebe,
und die Vergänglichkeit des Lebens.

ADELHARD
WINZER
HEIMKEHR
ERZÄHLUNG
2021. 88 SEITEN
BOD – BOOKS ON DEMAND,
NORDERSTEDT
ISBN 9783753408361

Die Tochter besucht ihren Vater,
den sie seit ihrer Kindheit nicht mehr
gesehen hat. Sie redet mit ihm, als wäre
er nur ein Bekannter, bestenfalls ein Freund,
nicht ihr leiblicher Vater, der sie und ihre
Mutter von heute auf morgen verlassen
hat. Der Vater, ein mehr oder weniger
erfolgreicher Künstler, gibt seine
Beweggründe nicht preis, spricht nicht
darüber, auch nicht mit der Tochter.
Keine gegenseitigen Vorwürfe, kein
Streit, kein offener Schlagabtausch.
Über alles Mögliche wird gesprochen,
bloß nicht über die Trennung. Dennoch
spiegeln sich in ihrer Mimik und Gestik
Unsicherheit und Bedrängnis wider. Im
Laufe des Nachmittags, den sie im Büro des
Vaters, am Chiemsee und auf der Terrasse
eines Restaurants verbringen, entwickeln sie
nach und nach freundschaftliche Gefühle
füreinander, sodass sich die Spannungen
am Ende ins Positive wenden.

ADELHARD WINZER
ÜBER DIE SPRACHE HINAUS
BIOGRAPHISCHES. 2021. 84 SEITEN
BOD – BOOKS ON DEMAND,
NORDERSTEDT
ISBN 9783753460789

LA PALOMA. Kindheit. Schlager. Kunst
Empfindung. SCHWEIZ. Literatur. Schreiben
DONAUMOOS. Planung. Lehrbücher. SOB
Bühne. ANDREAS. In der Schwebe. MUNDART
Verständigung. GRAN CANARIA. Spätentwickler
DJ. Zufriedenheit. Radio. BANKKAUFMANN
AKKORDEON. Gitarre. Berufsmusiker. Probleme
JACK KEROUAC. Selbstfindung. Gegenwart
Optimist. Zeichnen. GITARRE! Geschichten
MAX FRISCH. Groß und Klein. Geburtsort
Was ist wichtig? Liebe. VETTER SEPP
Schwächen. Großeltern. Schneckmo
Schule. PAUL KLEE. Vater. ALLEIN
Mutter. Anneliese. Bauernhof
Interessen. Häxelmaschine. Unfall
Lesen. MÜNCHEN. Knecht. Trauer
Reue. Familie. Passion. Zuhause

„Adelhard Winzer hat viele Rollen
eingenommen in seinem Leben, viele
Entscheidungen getroffen, aber auch
einiges bereut. In diesen Lebensnotizen
beschreibt er, wie Heimat duftet,
wie sich Angst und Zerrissenheit
anfühlen, wie der Ruhm schmeckt –
und wie er zum Schreiben kam.
Eine lesenswerte Lebensreise."
Dr. Maria Karafiat

ADELHARD
WINZER
ICH BIN OFFEN FÜR ALLES
GESCHICHTEN
2021. 160 SEITEN
BOD – BOOKS ON DEMAND,
NORDERSTEDT
ISBN 9783754311431

*In dieser Welt, in der es bald mehr
Autos geben wird als Kinder, möchte ich
kein Kind mehr sein. Das ist es ja,
was sie dir austreiben wollen:
die Unbekümmertheit, damit sie
nicht ausufert, keinen eigenen
Klang bekommt.*

„Ist unsere Welt vielleicht doch nicht
die beste, sondern die schlechteste
von allen? Widersprüchlich, ungerecht,
voll Lüge und Heuchelei, bewohnt
von Ehrgeizlingen, Wichtigtuern
und Besserwissern? So zumindest
empfinden es der manchmal
kindliche und manchmal erwachsene
Erzähler dieser knappen Geschichten,
Beobachtungen und Reflexionen.
Auch die Liebe hat es schwer in
dieser gnadenlosen Gesellschaft
der Gegenwart. Adelhard Winzers
Miniaturen sind so klar und
deutlich formuliert, dass einem
beim Lesen das Lachen im
Hals stecken bleibt."
Isa Schikorsky

ADELHARD WINZER
BABYLON! / CALLAS
ZWEI STÜCKE
2021. 156 SEITEN
BOD – BOOKS ON DEMAND,
NORDERSTEDT
ISBN 9783754312605

BABYLON. KOMÖDIE

Absalon und Bischof erzählen sich in einer geschlossenen Anstalt Geschichten über den Krieg, über die Manipulation staatlicher Fördergelder, über die Schwierigkeiten, ein Haus zu vermieten, über den ganz normalen Wahnsinn des Lebens. Sie fantasieren über die wüsten Zustände in Großbritannien und den Traum, in unserer hochtechnisierten Welt einen Freund zu finden. Und sie kommen zu dem Schluss: Jeder sollte einen Freund aus einem fremden Land haben. Dann ginge es der Welt und den Menschen besser.

CALLAS. EIN SPIEL

Was ist Egoismus? Und was ist Größe? Was ist Unterwürfigkeit? Was Aufopferung und was Gerechtigkeit? Adelhard Winzer versucht in diesem Stück eine Antwort zu finden auf die ungelösten Fragen des Lebens. In der Scheinwelt genauso wie in der Realität und der Kunst in unserer Zeit.

ADELHARD WINZER
LEBENSLAUF. GEDICHTE
2021. 100 SEITEN
BOD – BOOKS ON DEMAND,
NORDERSTEDT
ISBN 9783754315088

Kindsein
Früher als es noch
kein Früher gab

Was
Was will ich
was soll ich
was muss ich

Aus eigener Kraft
Sei offen waghalsig
ehrlich bereue nichts

Die Liebe
Die Liebe gilt
nichts mehr
wo nur noch
gemordet wird
auch wenn sie
nicht tot ist

Die großen Themen der
Menschheit: Freud und Leid, Trauer,
Zuversicht und Liebe, eigenwillig
auf den Punkt gebracht, widersetzen sich
flüchtiger Lektüre. Die Unmöglichkeit,
die Texte ganz normal zu lesen, ist
das auffälligste Merkmal dieser
Gedichte. Sie zwingen einen zum
Nach- und Weiterdenken.

ADELHARD
WINZER
REPETITION
EIN SPIEL
2021. 116 SEITEN
BOD – BOOKS ON DEMAND,
NORDERSTEDT
ISBN 9783754355916

*Ein Komparse erscheint vor dem
geschlossenem Vorhang. Er hält mehrere
beschriftete Pappkartons in die Höhe,
geht hin und her damit, so dass der Text
von allen Seiten gelesen werden kann:
„Das Leben ist wie eine Litanei. Eine
Litanei besteht aus Wiederholungen.
Wenn man etwas macht, was man schon
einmal gemacht hat, ist es eine Wiederholung.
Wiederholungen kann man erst machen,
wenn man etwas schon einmal gemacht hat.
Die meisten Menschen wiederholen sich.“*

*Der Vorhang geht auf und zwei Figuren
erscheinen auf der Bühne. Auf dem Rückenteil
ihrer Kleidung ist jeweils eine Zahl aufgenäht:
EINS und ZWEI. Darstellung einer Autofahrt,
eines Restaurantbesuchs, eines Spaziergangs,
weder als elegisches Trauerspiel noch als
leichtfertige Posse. Keine zwingende
Anweisung. Neutrales Bühnenlicht.
Allein der Spaziergang am See sollte
mysteriöser erscheinen als die Szene
im Biergarten. EINS ist der
Mann. ZWEI die Frau.*

ADELHARD WINZER
ICH WERDE HEUTE NICHT
AN SIE DENKEN
ROMAN. 2021. 212 SEITEN
BOD – BOOKS ON DEMAND,
NORDERSTEDT
ISBN 9783755727613

„Ich werde heute nicht an sie denken" ist ein tagebuchartiger Roman über einen Einzelgänger. Name: Leonhard Breidenbach. Alter: Mitte dreißig. Musikliebhaber, Zyniker. Sein Spruch lautet: Immerzu redet mir jemand drein. Das Geschäft, die Freundin, der Nachbar. Und immer nur in Gedanken. Das ist mein Problem. Ich lebe in den Gedanken anderer. Und sie in mir.

Hin und her gerissen von dem Wunsch nach Unabhängigkeit und einem erfüllten Leben mit einer Frau, lernt Leonhard Martha kennen, die in Scheidung lebt, Motorrad fährt, nach außen hin unnahbar erscheint, damit jedoch ihre Unsicherheit nach der Trennung von ihrem Mann kaschieren möchte. Erste Annäherungsversuche scheitern an Leonhards ungestümer Art, entgegengesetzter Ansichten, Marthas Verschlossenheit. Leonhard wendet sich ab, sucht sein Glück bei anderen Frauen. Martha, noch fasziniert von seiner unkonventionellen Art, lädt ihn zum Essen ein. Beide kommen sich näher, sehen sich fast jeden Tag, planen eine Reise, glauben tatsächlich füreinander geschaffen zu sein. Die Aufzeichnungen enden mit Leonhards Umzug in Marthas Wohnung, einen Tag vor der geplanten Reise, mit der ihr gemeinsames Leben beginnt.

ADELHARD
WINZER
BUCH DER TRÄUME
AUFZEICHNUNGEN
2021. 144 SEITEN
BOD – BOOKS ON DEMAND,
NORDERSTEDT
ISBN 9783755758877

Von Beruf bin ich Mensch.
Völlig nackt stehe ich auf offener Straße.
Alle Menschen klagen mich an.

„Träume, unmittelbar nach dem
Erwachen aufgeschrieben, fügen sich
teilweise zu surrealen, geheimnisvollen,
absurden Notaten. Die scheinbar unfertigen
Skizzen und Aufzeichnungen, die sich
thematisch an den Roman *Ich werden*
heute nicht an sie denken anschließen,
entfalten eine poetische Kraft, die
beim Lesen Bilder erzeugt, in
denen sich Wahrscheinliches mit
Unwahrscheinlichem mischt.
Lassen Sie sich ein auf konträre
Schlussfolgerungen, mystische
Aktionen und eine
ambivalente Sprache."
Isa Schikorsky